IRIS Y LUNA

Papel certificado por el Forest Stewardship Council®

Primera edición: mayo de 2025

© 2025, Aurora Quirón
© 2025, Penguin Random House Grupo Editorial, S. A. U.
Travessera de Gràcia, 47-49. 08021 Barcelona
© 2025, Alba Vargas Gálvez, por las ilustraciones del interior
© 2025, Candela Insua, por el diseño de los interiores de la colección
Diseño de la cubierta: Penguin Random House Grupo Editorial / Silvia Blanco
© 2025, Isabel Escalante, por la ilustración de la cubierta
© 2025, Marta Beatriz Piedra Barrionuevo, por el diseño del logotipo de la colección

Penguin Random House Grupo Editorial apoya la protección de la propiedad intelectual. La propiedad intelectual estimula la creatividad, defiende la diversidad en el ámbito de las ideas y el conocimiento, promueve la libre expresión y favorece una cultura viva. Gracias por comprar una edición autorizada de este libro y por respetar las leyes de propiedad intelectual al no reproducir ni distribuir ninguna parte de esta obra por ningún medio sin permiso. Al hacerlo está respaldando a los autores y permitiendo que PRHGE continúe publicando libros para todos los lectores. De conformidad con lo dispuesto en el artículo 67.3 del Real Decreto Ley 24/2021, de 2 de noviembre, PRHGE se reserva expresamente los derechos de reproducción y de uso de esta obra y de todos sus elementos mediante medios de lectura mecánica y otros medios adecuados a tal fin. Diríjase a CEDRO (Centro Español de Derechos Reprográficos, http://www.cedro.org) si necesita reproducir algún fragmento de esta obra. En caso de necesidad, contacte con: seguridadproductos@penguinrandomhouse.com

Printed in Spain – Impreso en España

ISBN: 978-84-10269-71-2
Depósito legal: B-4.549-2025

Compuesto en Compaginem Llibres, S. L.
Impreso en Gómez Aparicio, S. L.
Casarrubuelos (Madrid)

BL 6 9 7 1 2

AURORA QUIRÓN

¡UN CUMPLEAÑOS MUY DULCE!

ILUSTRADO POR
ISABEL ESCALANTE
Y
CHEZALBY

B DE BLOK

Nuestros amigos

IRIS MARAVILLAS

Le encantan los arcoíris,
los unicornios, ir de camping
y las nubes de fresa.

POLVORÓN

MEDIANOCHE

LUNA NOCHEOSCURA

Es amante de los gatos,
las tormentas y el color negro.

LIMÓN

LUCAS CENTELLAS

Le gusta nadar,
la playa y los ríos.

OLIVIA ALAFUERTE

Le encantan los
fuegos artificiales,
los dinosaurios
y la ropa bonita.

CHISPITAS

CROQUETA

HUGO HOJADORADA

Le gustan las
excursiones al aire
libre, hacer fotos
y la pizza.

SOFÍA ROCANEGRA

Adora cantar, volar
en avión y las tartas
de manzana.

ÁMBAR

1
Hogar, dulce hogar

Estar en una escuela mágica tenía muchas cosas buenas. **¡Muchas muchísimas!**

Eso es lo que pensaban Iris y Luna cuando estaban en clase con la maestra Marina.

En las últimas semanas habían estudiado a los erizos verdes del bosque, a los brinconejos y a los abezorros.

¡HABÍA UN MONTÓN DE ANIMALES MARAVILLOSOS QUE ANTES NI SIQUIERA SABÍAN QUE EXISTÍAN!

Pero también había cosas no tan tan geniales, como puede suceder en cualquier sitio. Estas eran algunas de ellas:

⭐ Iris tenía que recoger todas las caquitas de Polvorón y llevárselas a los profesores. Eran un ingrediente mágico muy preciado. ¡A veces le daba envidia lo independiente que en ese sentido era Medianoche!

⭐ Había que estudiar un montón. Pero, como todo estaba relacionado con los animales, que eran lo que más les gustaba del mundo a Luna y a Iris, les encantaba aprender. ¡Algún día sabrían tanto de las criaturas como los profesores!

★ Echaban de menos a sus familias. ¡Y eso que hablaban todos los días con ellos!

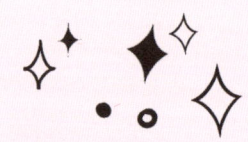

★ Cada lunes la maestra colgaba la lista con las tareas de esa semana. ¡Algunas eran superchulas y otras, muy raras!

—¿Qué es eso de «recoger las cenizas de la cocina para reciclar»? —preguntó Iris, echando un vistazo a la lista de tareas del trimestre.

—Eh..., pues creo que es justo eso, recoger las cenizas para llevarlas al reciclaje mágico —respondió Luna—. Tenemos que ir a la cocina, preguntar por las cenizas que haya, porque allí encienden muchos fuegos, y llevarlas al laboratorio de reciclaje.

—Es la primera vez que lo hacemos —dijo Iris, algo insegura.

—¿No te acuerdas? Fuimos la semana pasada a llevar las hojas que se cayeron del sauce mágico —le recordó Luna.

—Pero esas salamandras de la cocina... me dan un poco de yuyu.

—A mí me hacen gracia. —Luna sonrió—. Creo que se llaman «salamandras de fuego». Su piel es muy resistente al calor, como la de la compañera de Lucas. Seguro que aprenderemos más sobre ellas.

—Pero parecen muy distintas a Limón. Y aún no las hemos estudiado en clase...

—¡No me digas que te dan miedo! Con lo valiente que eres —observó Luna, sorprendida.

—No es que me den miedo, es solo... que son muy raras...

Iris se quedó pensativa. Pero entonces a Luna se le ocurrió una idea.

—¡Espera un momento! Ya sé lo que podemos hacer. Le preguntaremos a Lucas. ¡Él sabe todo todito lo que hay que saber de las salamandras y los demás animales anfibios! Le flipan pepinillos.

—¡Tienes razón! Él nos contará lo que debemos saber para interactuar con ellas.

A Lucas le encantó que sus amigas le fueran a ver para preguntarle sobre las salamandras. Efectivamente, era su tema favorito.

—Las salamandras de fuego tienen la piel negra con grietas rojas. Así, si se quedan quietas, pueden camuflarse entre las brasas sin que nadie las vea. Sus ojos son de un amarillo anaranjado brillante, igual que las llamas. Las que nos ayudan en la cocina se llaman Craco y Chip. Sus nombres recuerdan al sonido que hace un fuego encendido. Se encargan de los hornos y los fogones.

—Nunca me había parado a pensar en cómo suena el fuego —dijo Luna, encantada con la idea.

—¿Y se portan bien con los extraños? —quiso saber Iris.

—Bueno, no tienen mucho tiempo libre y van siempre de un lado a otro. Comprenden nuestro lenguaje, pero no lo hablan. Os recomiendo que, si tenéis que resolver algún asunto con ellas, les digáis lo que queréis muy claramente.

—Pero no... —Iris apenas se atrevía a preguntar—. No nos harán nada, ¿verdad?

—¡Claro que no! Si no les cayesen bien los niños, no estarían aquí.

Iris asintió, sintiéndose un poco tonta por desconfiar de ellas.

—Con lo que más cuidado debéis tener es con los chistes malos del cocinero, Rasmus.

—¡No serán tan tan terribles! —dijo Luna.

—En fin, ¡muchas gracias por contarnos todo esto, Lucas! —dijo Iris.

—¡Vamos a por esas cenizas! —añadió Luna.

Cuando Iris y Luna llegaron a la puerta trasera de la cocina, se encontraron al cocinero. Llevaba un enorme gorro, unos guantes muy llamativos y, efectivamente, las recibió con un chiste malo.

—¿Sabéis qué les dijo la abuela a sus nietos? «No me gusta nada que juguéis con fuego». Y entonces Fuego se quedó sin amigos.

El cocinero se echó a reír mientras las dos amigas se quedaron pasmadas sin saber qué decir. ¡Era uno de los peores chistes que habían oído nunca! Sin embargo, él se desternillaba mientras repetía una y otra vez: «Con fuego, ¿lo pilláis?».

—Bueno, ¿qué queréis? —les preguntó al ver que no compartían su entusiasmo.

—Hemos venido a por las cenizas para reciclar —le explicó Luna.

—Ah, vale. Se las podéis pedir a mis ayudantes. ¡Craco! ¡Chip!

Las dos salamandras salieron reptando a toda velocidad y se quedaron mirando a las amigas. Iris tragó saliva, porque le imponían mucho.

El cocinero se dio cuenta y acarició a las salamandras con sus grandes guantes.

—No te preocupes, son muy buenas. No se las puede tocar sin estos guantes de arpillera porque acaban de salir de entre las llamas. Nos ayudan cuidando del fuego para la cocina y, por eso, su piel está muy caliente, pero ellas saben que no deben

acercarse a los humanos. Entienden nuestro lenguaje, aunque ellas no pueden pronunciarlo.

Iris asintió, decidida a vencer sus miedos y dirigirse a ellas. Recordó el consejo de Lucas:

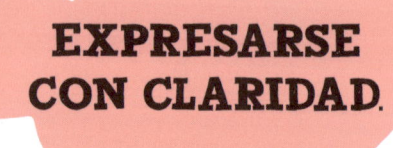

—Queremos las cenizas para llevarlas a reciclar. Por... por favor.

Las salamandras asintieron, y en un periquete estaban de vuelta con el caldero de las cenizas.

¡Al final fue mucho más fácil de lo que Iris se temía! Las criaturas mágicas no dejaban de sorprenderla.

2
El problema de Lucas

Al día siguiente, en clase, Olivia se puso muy contenta. La maestra Marina anunció que el tema de ese día eran los dragones.

—¡Genial! —dijo ella, dándole un besito en la cabeza a su compañero, Chispitas.

Olivia sacó su cuaderno para apuntar absolutamente todo lo que dijera la maestra. ¡Estaba entusiasmada!, tanto que parecía que a ella también le salían chispitas por los ojos de la ilusión.

—Empezaremos por su comportamiento —dijo

la maestra—. Los dragones son criaturas muy leales a su familia y siempre intentan seguir el camino que les marca la tradición. Por ejemplo, el dragón de Olivia pertenece a una larga estirpe de compañeros en el mundo mágico.

Chispitas se puso muy orgulloso de que hablasen de él y sacudió la cabeza.

¡Era supermonísimo!

—Voy a proyectar algunas imágenes de dragones de diferentes partes del mundo en sus diferentes entornos. ¡Os advierto que algunos de ellos pueden dar un poco de miedo!

—Somos todos muy valientes —aseguró Hugo—. ¡Ya lo hemos demostrado!

Pero Iris vio, por el rabillo del ojo, que Lucas tenía cara de no estar tan seguro.

Marina apagó la luz y la clase se quedó a oscuras. Iris respiró hondo. ¡Esperaba no asustarse con los dragones!

Las primeras imágenes fueron de dragones barqueros de los fiordos noruegos.

—Los dragones de agua ayudan a los marinos y a las criaturas acuáticas. Se les da muy bien nadar y forman parte del ecosistema.

Luego vieron dragones de las praderas, dragones blancos de río, con las escamas que parecían cantos rodados, y dragones herreros que trabajaban en el interior de los volcanes. Iris dejó escapar el aire que había retenido en los pulmones. ¡Esos dragones no daban nada de miedo!

Pero entonces pasó la imagen de un terrible dragón de los riscos. Tenía dos hileras de dientes, unas púas de piedra de aspecto aterrador y una mirada… ¡Parecía que se los iba a comer crudos!

—¡Au! —dijo Lucas.

La maestra encendió las luces para ver qué sucedía.

—¿Te encuentras bien, Lucas?

—No... Sí... No lo sé. Limón se ha asustado al ver a ese dragón. Cuando se asusta, la piel se le pone tan caliente que no la puedo sujetar.

Lucas parecía abatido mientras agitaba un poco la mano para enfriar a su salamandra.

Luna e Iris se miraron. Para ellas también sería muy duro no ser capaces de sostener en sus manos a sus compañeros.

—No te preocupes, Lucas —le dijo la maestra—. Es aún pequeña. Pronto aprenderá a no asustarse tanto. Y también a controlar la temperatura de su piel.

Pero Lucas no parecía muy aliviado por esas palabras. Seguía con cara de preocupación. Iris sabía que se estaba preguntando si lo que había pasado podría significar que algo le sucedía a su compañera. La maestra también se dio cuenta.

—Es normal que las salamandras jóvenes no sepan regular bien la temperatura de su piel. Tú tienes el poder de ayudarla a tranquilizarse. Lo conseguiréis juntos, con tiempo y práctica.

Lucas asintió. Al menos había algo que podía hacer.

Al ir hacia el comedor, Iris y Luna notaron un temblor en el suelo.

—¿Qué pasa? —preguntó Iris. A Polvorón se le notaba algo asustado.

—Puede que sea un pequeño terremoto —dijo Luna—. A veces son tan diminutos que ni nos damos cuenta.

Entonces, para su sorpresa, ¡un pequeño topo emergió de la tierra!

—Creo que es el cartero —dijo Luna, no demasiado sorprendida.

Para ella esas cosas eran más normales, pero Iris nunca había visto un topo que llevara el correo.

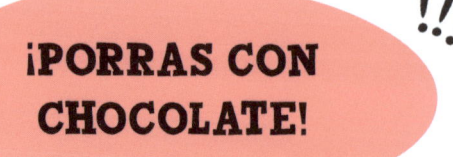

¡PORRAS CON CHOCOLATE!

El topo se sacudió la tierra meneando las caderas. Llevaba en su boca un pequeño sobre verde en el que estaba escrito:

 Para la clase de Cuidado de Criaturas Mágicas.

Las niñas se miraron con curiosidad y emoción; nunca habían recibido un mensaje así.

El topo, con movimientos precisos, depositó el sobre frente a ellas y luego desapareció bajo tierra tan rápido como había llegado. Iris recogió el sobre con cuidado, y ambas lo abrieron con los ojos muy abiertos. Dentro, encontraron una carta escrita con tinta verde.

¡ERA DE SU AMIGO MARCO, DE LA CLASE DE COCINA!

La clase de Cuidado de Criaturas Mágicas queda invitada a mi fiesta de cumpleaños.

El viernes por la tarde.

En la cafetería Pai Pai, exactamente en el centro del bosque.

—¡Qué supermegaguay! —exclamó Iris.

—¡Ya verás cuando se lo contemos a los demás!

Iris y Luna saltaron de alegría, riendo y abrazándose. ¡Les hacía mucha ilusión celebrar un cumpleaños, volver a ver a Marco y conocer la misteriosa cafetería del centro del bosque!

No tardaron en llegar al comedor, y allí le enseñaron la carta al resto de sus compañeros.

—¡Es genial! —dijo Hugo.

Olivia y Sofía se pusieron a dar saltitos, y Lucas sonreía de oreja a oreja. Durante toda la comida no hablaron de otra cosa.

Al terminar el postre, Iris y Luna comenzaron a pensar el regalo perfecto para su amigo. Las dos querían que fuera algo especial, algo hecho por ellas mismas. ¡Algo supermegaincreíble que dejara a Marco boquiabierto!

3
¿Listos para la fiesta?

Por la tarde, Iris y Luna regresaron del bosque con dos grandes bolsas llenas a rebosar.

—¿Qué lleváis ahí? —preguntaron Sofía y Olivia.

—Es para hacer el regalo de Marco...

¡ES UNA SORPRESA!

—Nosotras le regalaremos un libro de cuentos con una receta en cada uno de ellos —dijo Sofía.

—¡Seguro que le encanta! —exclamó Iris—. ¡Qué regalo tan bien pensado!

—Pero ahora tenemos que ocuparnos de algo súper súper superimportante —dijo Olivia.

Iris y Luna se miraron, algo intrigadas. Si ya tenían los regalos, ¿qué otra cosa podría ser tan tan tan importante?

—¡Qué nos vamos a poner, por supuesto! —reveló Olivia.

Las cuatro fueron a la cabaña de Sofía y Olivia para elegir sus atuendos.

¡UN CUMPLEAÑOS ES UNA OCASIÓN MUY ESPECIAL!

Desde el momento en que llegaron, la cabaña se llenó de risas y exclamaciones emocionadas. Había ropa por todas partes: vestidos, blusas, pantalones y hasta algunos sombreros y bufandas de colores. Parecía un auténtico desfile de moda improvisado.

—¡Hay que ver cuánta ropa tienes! —se admiró Iris.

—Es que, como la gente sabe que me encanta, siempre me regalan prendas y complementos.

Cada una de las niñas tenía su estilo propio y, al

mismo tiempo, tenían mil y una ideas para las demás. Sofía, que era muy creativa, le sugirió a Iris probarse una chaqueta de mezclilla con brillantes que había encontrado al fondo del armario.

—¡Esto te quedaría genial! —le dijo mientras le tendía la prenda.

Iris dudó al principio, pero se la puso y giró frente al espejo, sonriendo al ver que le sentaba muy bien.

Por su parte, Olivia tenía una falda de tul rosado que le encantaba, pero no estaba segura de cómo combinarla. Iris le hizo sugerencias. Olivia se puso el conjunto y todas estuvieron de acuerdo en que el look era perfecto.

La más difícil era Luna. Le gustaba llevar las mismas prendas una y otra vez.

—¡Es que les tengo mucho cariño! —se quejó.

—A veces hay que probar cosas nuevas —le dijo Iris.

—¿Y si te pones esta falda de retales? —le ofreció Sofía.

—¿Tú creeeeees?

Luna no estaba nada segura. Pero cuando se miró al espejo, le gustó lo que vio.

¡Al final, las cuatro estaban perfectas! Llevaban conjuntos únicos y llenos de color, cada uno complementado por algún detalle especial que habían intercambiado entre ellas.

¡LAS TARDES DE CHICAS ERAN REALMENTE FANTABULOSAS!

—Tenemos que regresar a nuestro cuarto —recordó Luna—. Hay que hacer el regalo para Marco.

—¡Es verdad! Muchas gracias por esta supertarde, amigas.

Las cuatro se despidieron con un abrazo y, aprisa y corriendo, Iris y Luna se dirigieron hacia su cabaña. ¡No había un minuto que perder!

—Oye —le dijo Iris por el camino—. Estoy algo

preocupada por Lucas. ¿Crees que Limón conseguirá controlar su temperatura?

—Yo creo que sí —dijo Luna—. Lucas es muy inteligente y seguro que encuentra una buena solución. La conexión con el compañero hay que cultivarla día a día, y hay cosas que pueden salir mal. Pero no pasa nada, siempre se puede volver a intentar. ¡Hay que esforzarse!

Iris asintió. Ella también quería saber cómo mejorar en el cuidado de Polvorón. ¡Aún tenían que aprender mucho el uno del otro!

—También me preocupa un poco Polvorón. Ya sabes que quiere volar, pero no puede. A veces se pone realmente triste.

—Vamos a ayudarle. Aún tenemos tiempo para hacer el regalo de Marco.

—Pero ¿cómo le ayudaremos?

—Pues... ¡de la manera clásica!

Luna llevó a Iris y a Polvorón junto a unas escaleras.

—Le subiremos al primer escalón, y le animaremos para que salte. Cuando ya tenga confianza, haremos lo mismo con el segundo escalón.

Iris se mordió el labio.

—¿De verdad? ¿No le dará un poco de miedo?

—De eso se trata, de superar el miedo. Tiene alas, y, por tanto, el aire es su elemento natural.

Iris asintió. Se puso enfrente de Polvorón y le transmitió mentalmente lo que iban a hacer. Polvorón puso ojitos de que no lo veía muy claro. Pero Iris le colocó unas rodilleras y le dio unas palmaditas de ánimo en la cabeza. El pobre unicornio resopló con resignación. Iris le colocó en el primer escalón.

—Venga, bonito, ¡salta!

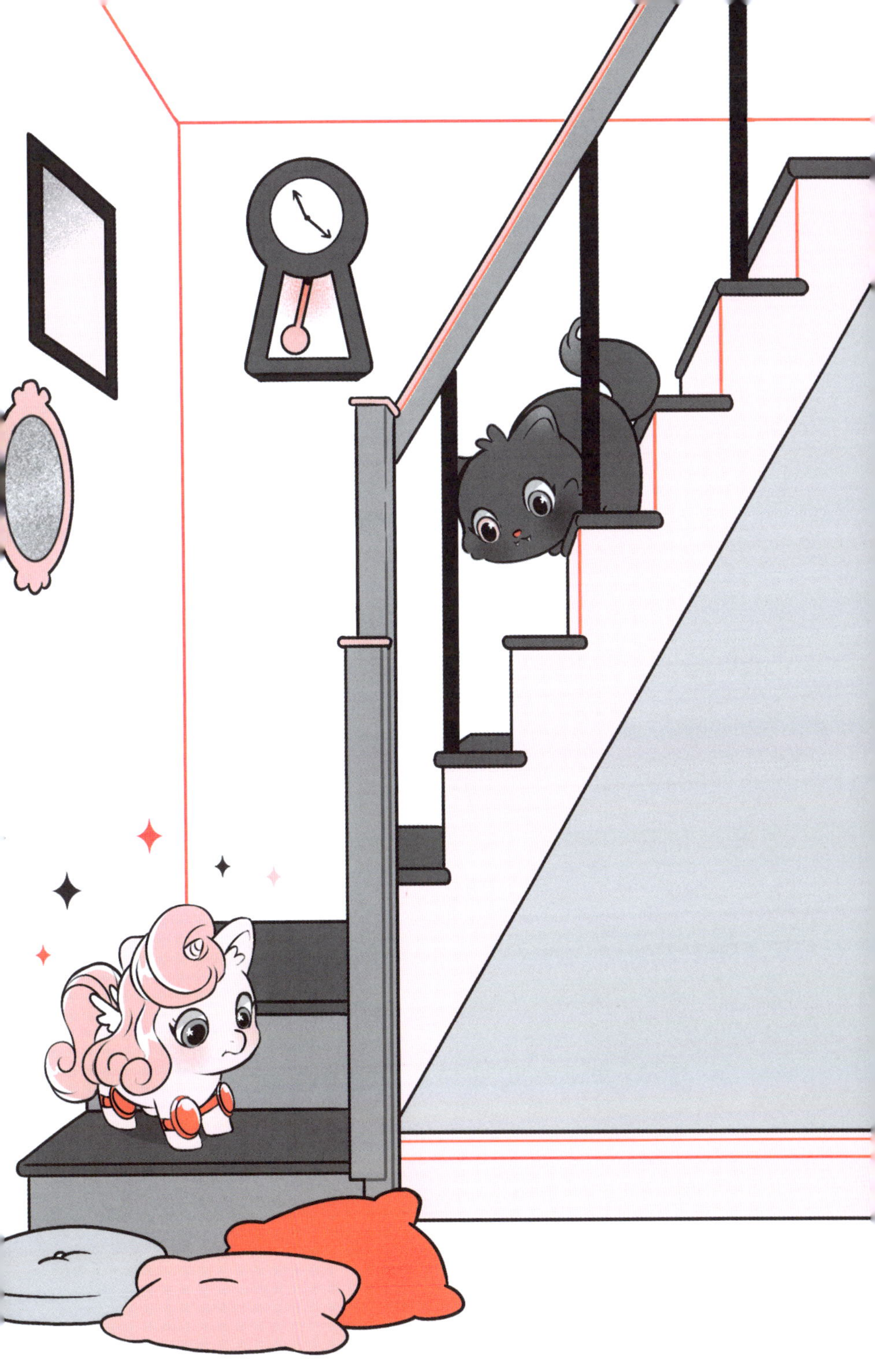

Pero en lugar de saltar, el cachorrito de unicornio soltó un sonido lastimero.

—Medianoche cree que está exagerando un poco —le susurró Luna a Iris.

—Tú puedes, campeón —le animó Iris.

Después de darle muchos ánimos, Polvorón por fin consiguió saltar. El pobre creía que iba a recibir una recompensa, pero en lugar de ello... ¡Iris lo subió al segundo peldaño!

Con esfuerzo, el pequeño comprendió por fin lo que quería su amiga humana, y se esforzó por vencer su miedo y hacerlo lo mejor posible.

¡PARA SER EL PRIMER DÍA YA ESTABA BIEN!

4
¡El cumpleaños de Marco!

El viernes, toda la clase junto con Marina subió en el caracol y se dirigieron a la cafetería que estaba exactamente en el centro del bosque.

—He estado pensando en el nombre de esa cafetería —dijo Iris—. ¿Por qué se llamará «Pai Pai»?

—En ella encontraréis tartas rellenas de todos los sabores, salados y dulces —les explicó Marina—. Los hay de pollo y bechamel, de champiñones con queso, de fruta y mermelada...

¡Vaya! La maestra realmente era una fan de aquel lugar. ¡Y no era la única! Estaba lleno de gente. ¡Menos mal que había una gran mesa reservada para el cumpleaños de Marco!

Dentro, el ambiente era de lo más acogedor. Las paredes estaban decoradas con libros antiguos, tazas de cerámica coloridas y marcos de fotos. Una gran chimenea de piedra era el corazón del lugar, y estaba rodeada de sillones y mesitas. El aroma de la canela y la vainilla de los postres caseros era simplemente increíble.

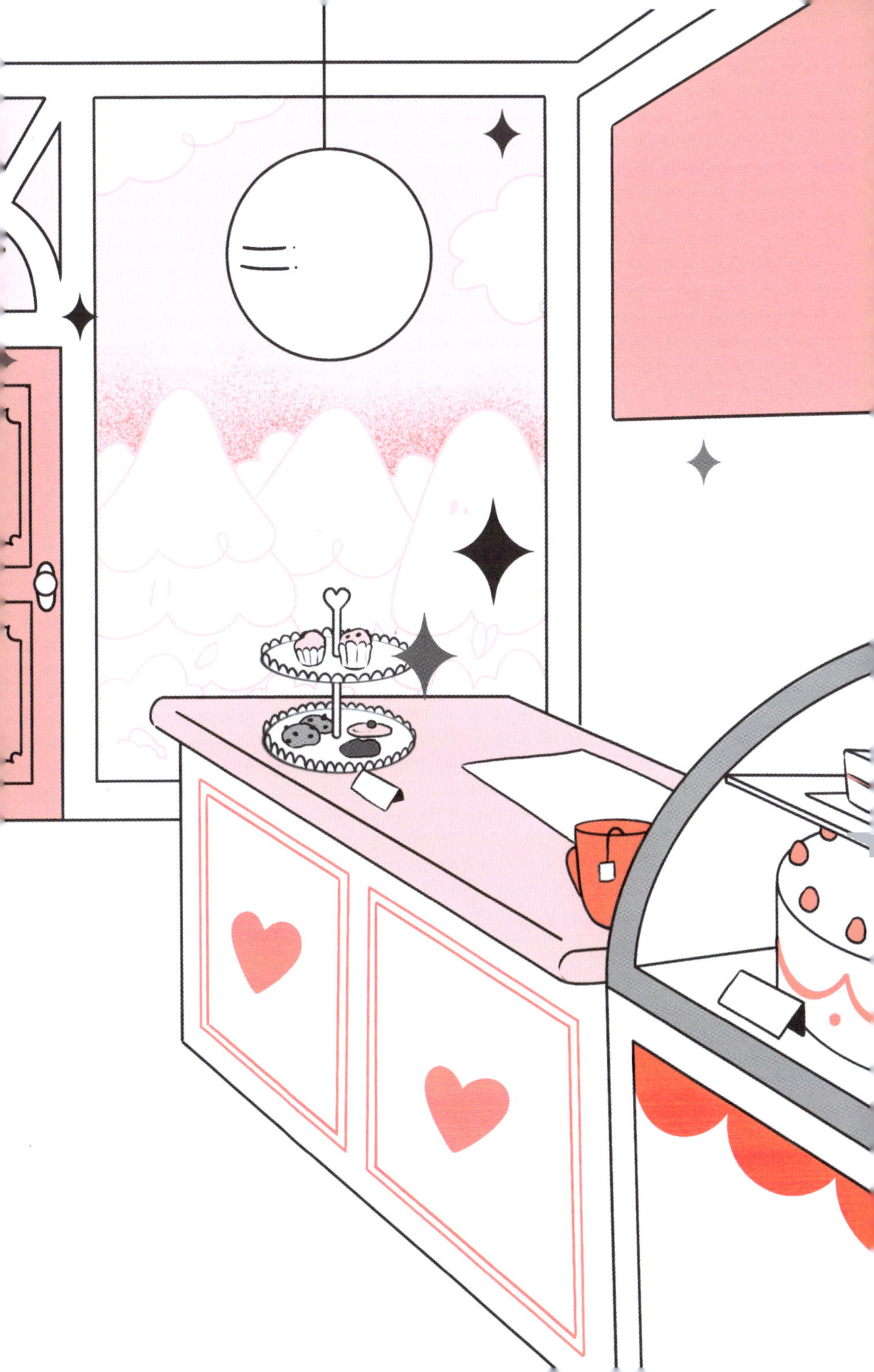

—¡Deseo vivir aquí! —dijo Olivia, siempre entusiasta, dando saltitos.

—Para mí lo mejor son las vistas —dijo Hugo.

Y tenía razón: a través de los ventanales se veían los árboles y, de vez en cuando, alguna ardilla curiosa que saltaba de rama en rama.

Cuando Marco llegó junto con toda la clase de Cocina Mágica, se acercó rápidamente a ellas, sonriente y con los ojos brillantes de alegría.

—¡Feliz cumpleaños, Marco! —dijo Iris, dándole un abrazo cálido—. ¡Espero que te guste nuestro regalo!

Cuando el chico lo abrió, encontró un marco artesanal hecho de hojas secas, bellotas, piedrecitas brillantes y conchas de caracol.

¡ERA UNA AUTÉNTICA OBRA DE ARTE!

—¡Me encanta! Es un «marco», como yo —se rio.

—Lo hemos hechos nosotras mismas —añadió Luna, mirándolo con entusiasmo—. Pensamos en algo especial para ti.

—¡Es una idea buenísima! —exclamó su amigo—. Vamos a hacernos una foto todos juntos. La pondré aquí y así siempre me acordaré de este día tan chulo. ¡Mirad, ya están todos! Venid a conocer a mis amigos.

Marco les presentó a los compañeros de su clase de Cocina Mágica. Muchos ya se habían

Marco

Coque

Timi

conocido en el concurso de pociones, pero era difícil recordar tantos nombres.

Coque era el mejor amigo de Marco; sin duda, eran uña y carne. Después estaban Timi, que en realidad se llamaba Timoteo, que era muy amigo de Anita y de Belena; y Hilda, una chica a la que ya conocían, y a la que le gustaba llevar ropa hecha de retales y recogerse el pelo en trenzas.

—¡Aaabran paaaso! ¡Aquí llega la merienda!

La dueña de la cafetería era algo mayor que la maestra Marina, tenía el pelo castaño y un carácter muy alegre. ¡Se movía muy deprisa, como una ardilla! Llegó con una enorme bandeja a rebosar de pastelitos de todas las formas y tamaños. Los había redonditos, en forma de estrella e incluso de colorines, decorados con flores y figuritas de masa. ¡Tenían una pinta increíble que despertaba el apetito!

—Mira..., se sabe de qué sabor es cada tarta porque han hecho figuritas con la pasta —observó Iris.

¡Y así era! Los pastelitos de champiñones tenían una seta de masa en la parte de arriba, y los de pollo, un muslito dibujado con su hueso y todo. ¡Habían cuidado todos los detalles!

—¡Espero que tengáis mucho apetito! —dijo Marco—. ¡Hay que acabárselo todo!

—Tú por eso no te preocupes —aseguró Hugo, que ya le había hincado el diente a uno relleno de tomate y queso.

En ese momento Luna oyó algo en la mesa de al lado.

—Hoy los pies no están tan ricos como de costumbre —dijo discretamente una señora.

—Yo también lo he notado —susurró su amiga—. ¿Qué habrá sucedido?

En ese momento, Chispitas, el compañero de Olivia, se puso muy inquieto. Empezó a olisquear, moviendo la cabeza a un lado y a otro, y de repente...

¡SE ESCAPÓ Y SALIÓ DISPARADO!

—¡Chispitas! —exclamó Olivia.

—Vamos a buscarlo para que no haya ningún problema —propuso Iris.

5
¿Un dragón cocinero?

Iris y Luna, junto con Olivia y Sofía, siguieron a Chispitas. No tardaron en descubrir cuál era su objetivo: la cocina de la cafetería.

—¡Chispitas! —exclamó Olivia, preocupada—. ¡Vuelve, por favor!

Pero Chispitas no hacía caso, porque había visto a uno de sus semejantes. ¡Nada menos que a otro dragoncillo!

El pequeño, de escamas rojizas y ojos chispeantes, parecía un poco más mayor que

Chispitas. Recibía con atención las lecciones de su abuelo, un viejo dragón del fuego. Este llevaba un gorro en la cabeza y era evidente que llevaba mucho tiempo trabajando en aquel gran horno de pasteles.

El anciano dragón, de imponentes cuernos y voz ronca, le enseñaba al joven cómo regular la intensidad del fuego en el horno y cómo domar las llamas rebeldes.

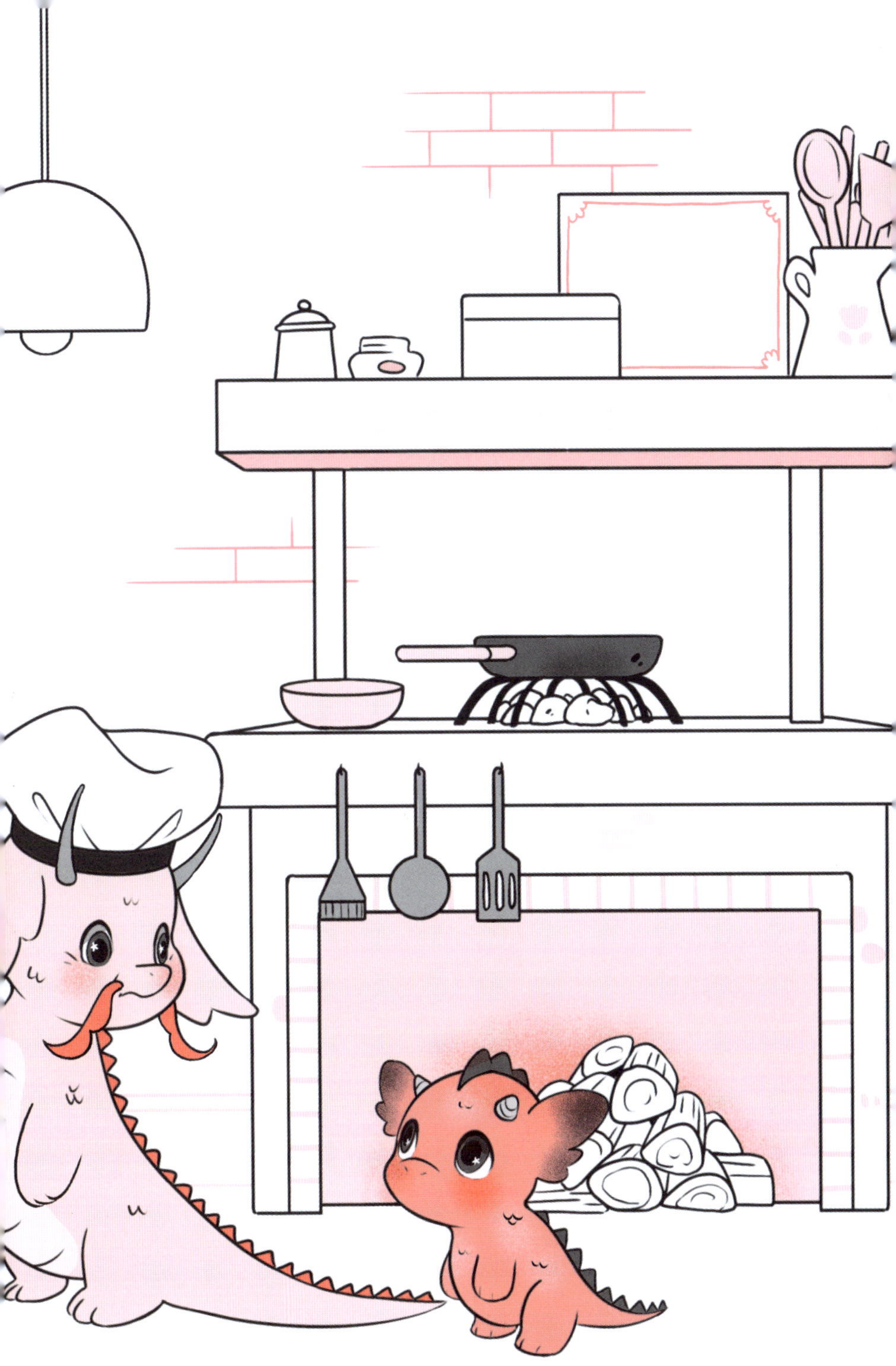

No era un buen momento para interrumpir. Pero Chispitas estaba impaciente por hacer amigos, y decidió acercarse. Con una sonrisa en su hocico y sus alas moviéndose levemente, saludó con entusiasmo al joven aprendiz. Sin embargo, el dragoncillo de horno, demasiado concentrado y tal vez un poco intimidado por la presencia de su gruñón abuelo, solo soltó un bufido rápido. Volvió a dedicar su atención al rugiente calor del horno.

Chispitas, chafado, se quedó cabizbajo.

—¡Ven aquí, Chispitas! —le dijo Olivia—. ¡No les molestes, que están trabajando!

Resignado, Chispitas regresó con Olivia y se refugió en su regazo.

—¿Qué está pasando aquí?

Era la dueña de la cafetería, que, al oír ruido, había ido a ver qué pasaba. La acompañaba la maestra Marina.

—Chicas, esta es mi amiga Miga —dijo la maestra—. Es la dueña de la cafetería. ¿Nos podéis contar qué ha sucedido?

Iris y Luna miraron a Olivia para que lo explicase ella.

—Chispitas, mi compañero, sintió que había un dragón por aquí cerca —contó Olivia—. Y por eso vino volando a buscarlo. Perdón por haber entrado en la cocina sin pedir permiso.

Miga se acercó a Chispitas y le acarició la cabecita.

—Pequeño, tienes que aprender a ser menos impulsivo. ¡Si me hubieras pedido permiso te lo habría dado encantada!

—El caso es que el dragón del horno no le ha hecho mucho caso —dijo Olivia, que parecía tan triste como su compañero.

—Puede que Terrón esté nervioso porque lleva aquí muy poco tiempo —dijo Miga—. Aún está aprendiendo. Su abuelo, Basalto Mascalava, le está enseñando todo lo que sabe. ¡Seguro que el próximo día que vengáis está más parlanchín!

Al regresar al salón de la cafetería, Iris vio algo por la ventana que la sorprendió. Por el bosque estaba pasando Rasmus, el cocinero. Iba solo, como si quisiera pasar desapercibido.

57

—Mira, Luna —le susurró—. ¿No es ese nuestro cocinero? ¿Qué hará por aquí?

—Puede que necesite algo que se le haya acabado...

Las amigas volvieron al cumpleaños y disfrutaron de una merienda estupendísima. ¡Era la mejor que había probado en mucho tiempo!

La gente de la clase de Marco era muy amigable. ¡Se notaba que se llevaban genial, lo mismo que ellas con sus compañeros! Además, igual que los cuidadores de cachorritos tenían sus mechones de colores, a los alumnos de Cocina Mágica se los identificaba por unos tatuajes chulísimos que brillaban en la oscuridad.

Entonces Iris vio, en la pared junto a ella, una imagen que le llamó la atención. Era la foto de una chica de cabello negro corto, vestida con una camiseta a rayas y pendientes de huesitos. Aunque era un poco mayor, ¡le recordó muchísimo a Luna!

—¡Mira! ¡Esta chica se parece mucho a ti! —le dijo a su amiga.

—Sí, es verdad. Somos parecidas.

—¡Pero mucho muchísimo!

Luna tenía una sonrisa misteriosa.

—¿No te parece raro que haya alguien que se te parezca tanto?

—Bueno, raro raro, no tanto —dijo esta.

Iris se quedó pensativa. Tuvo la sensación de que Luna le estaba tomando el pelo. ¿Por qué? Ya le preguntaría luego, cuando no hubiera gente alrededor.

Pasaron una tarde estupenda. ¡Iris estaba segura de que la amistad con Marco y su clase sería una de las mejores cosas de ese curso!

Cuando llegó la hora de irse, todos estaban un poco tristes. Pero Marco le dijo a Iris:

—¡Recuerda que podemos escribirnos con los topos! Las cartas llegan enseguida.

—¡Qué buena idea! —le respondió ella.

Entonces Luna agarró a Iris del brazo para llevársela a otro lado.

—Pero ¿qué pasa? —dijo Iris.

—¡Chisss! ¡Escucha!

Iris no entendía, pero Luna le hizo un gesto para que entrara con ella al armario de las chaquetas que había en la entrada del local. Detrás de algunos abrigos se abrió ante ellas una estancia repleta de recetarios y libros de postres algo polvorientos. ¡Iris no se lo podía creer!

Las niñas se agacharon tras una mesilla y prestaron atención a las voces que se oían ahí dentro. Solo quedaban la maestra Marina y su amiga Miga. Hablaban en voz baja como si estuvieran preocupadas.

—Tenemos que pensar en la jubilación del abuelo Mascalava porque ya tiene ciento setenta años. Nos ha ayudado muchísimo y es el que más sabe, pero le ha llegado el momento de disfrutar del retiro.

—Sin embargo, el pequeñajo no parece que se las apañe muy bien —comentó Marina.

—Así es. Ya tendría que haber acabado su

formación y su abuelo le tendría que haber entregado oficialmente su gorro de cocinero, pero algo no va bien. Terrón es muy tímido y no está consiguiendo buenos resultados. Estoy un poco preocupada por eso.

Se hizo un silencio.

—Si no encuentro un buen dragón de horno, es posible que tenga que cerrar la cafetería.

Iris y Luna se miraron, asustadas.

¡ERA SU NUEVO SITIO FAVORITO, Y AHORA ESTABA EN PELIGRO!

6
¡A la biblioteca!

—¡Ánimo, Polvorón!

Iris, Luna y Medianoche estaban prestando toda su atención al pequeño Polvorón. Este estaba a punto de saltar del tercer peldaño. Le habían colocado un cojín enorme debajo para que se sintiera seguro.

—¡Puedes hacerlo!

Pero el pobre Polvorón no parecía tan seguro. Una cosa eran uno o dos peldaños. Pero tres...

—Ay..., está asustado —dijo Iris—. Tiene una gotita de sudor en el cuello.

—Polvorón, no te preocupes. Poquito a poco te sentirás con la confianza suficiente para hacerlo —aseguró Luna—. Si quieres intentarlo ahora, nosotras estamos a tu lado para ayudarte.

Incluso Medianoche, que normalmente iba muy a lo suyo, estaba dándole ánimos al pequeño unicornio. Polvorón se llenó los pulmones de aire y se lanzó.

—¡Bien! —le felicitaron.

Pero Polvorón no fue capaz de agitar las alas. En lugar de mantenerse en el aire, cayó sobre sus rodillas delanteras...

¡Y parecía que se había hecho daño!

—¡Oh, no!

Iris corrió hacia él y le examinó las rodillas. Tenía dos raspones bastante grandes, pero el pobrecito no se quejaba nada.

—Bueno, pues ya está bien de intentar saltar —decidió Iris—. Hoy has sido muy valiente y lo has hecho genial. Podemos continuar practicando otro día.

Iris quería que su unicornio aprendiera a volar rápidamente, pero también sabía que era muy importante tener paciencia.

Mientras los cuatro volvían a su cabaña, Luna dijo:

—¿Sabes? He estado pensando en el pequeño dragón de horno. Me gustaría saber qué le pasa.

—Es verdad. Se le veía agobiado, y la dueña de la cafetería estaba preocupada.

—Lo más importante es que estén todos bien... Pero no me gustaría que cerraran la cafetería.

—Es verdad —dijo Iris—. Justo ahora que hemos descubierto un sitio nuevo al que ir todos juntos, ¿puede que vayan y lo cierren?

—Yo sé por dónde podemos empezar a arreglar todo esto —dijo Luna.

—Ah, ¿sí?

—Pues claro. ¡Por la biblioteca!

Iris se dio una palmada en la frente.

¿CÓMO ES QUE NO SE LE HABÍA OCURRIDO ANTES?

A las dos amigas les encantaba ir de un lado a otro en la Escuela Magia Potagia. No se parecía en nada a ningún colegio que Iris hubiera visto antes, donde las clases se comunican por un largo pasillo. Aquí, cada una de las salas era una cabaña bien separada de las de su alrededor. Para llegar de una a otra siempre había que salir al aire libre y andar (¡o correr!) un buen rato.

De camino a la biblioteca, las niñas pasaron junto a las cocinas. Iban distraídas hablando y riendo, hasta que de pronto oyeron a Rasmus, el cocinero, hablando un poquito alto por teléfono. ¡Y lo cierto es que su voz sonaba de lo más sospechosa! ¡Como la que se pone cuando se está conspirando!

—Sí, sí, ya lo tengo todo preparado... He pensado en todos los detalles.

Las dos amigas se pegaron a un árbol, y sus compañeros hicieron lo mismo. A Polvorón no se le daba demasiado bien eso de ser espía y ponía unas caritas de lo más cómicas, pero Medianoche había nacido para ello.

Luna se llevó la mano a la boca para indicarles a

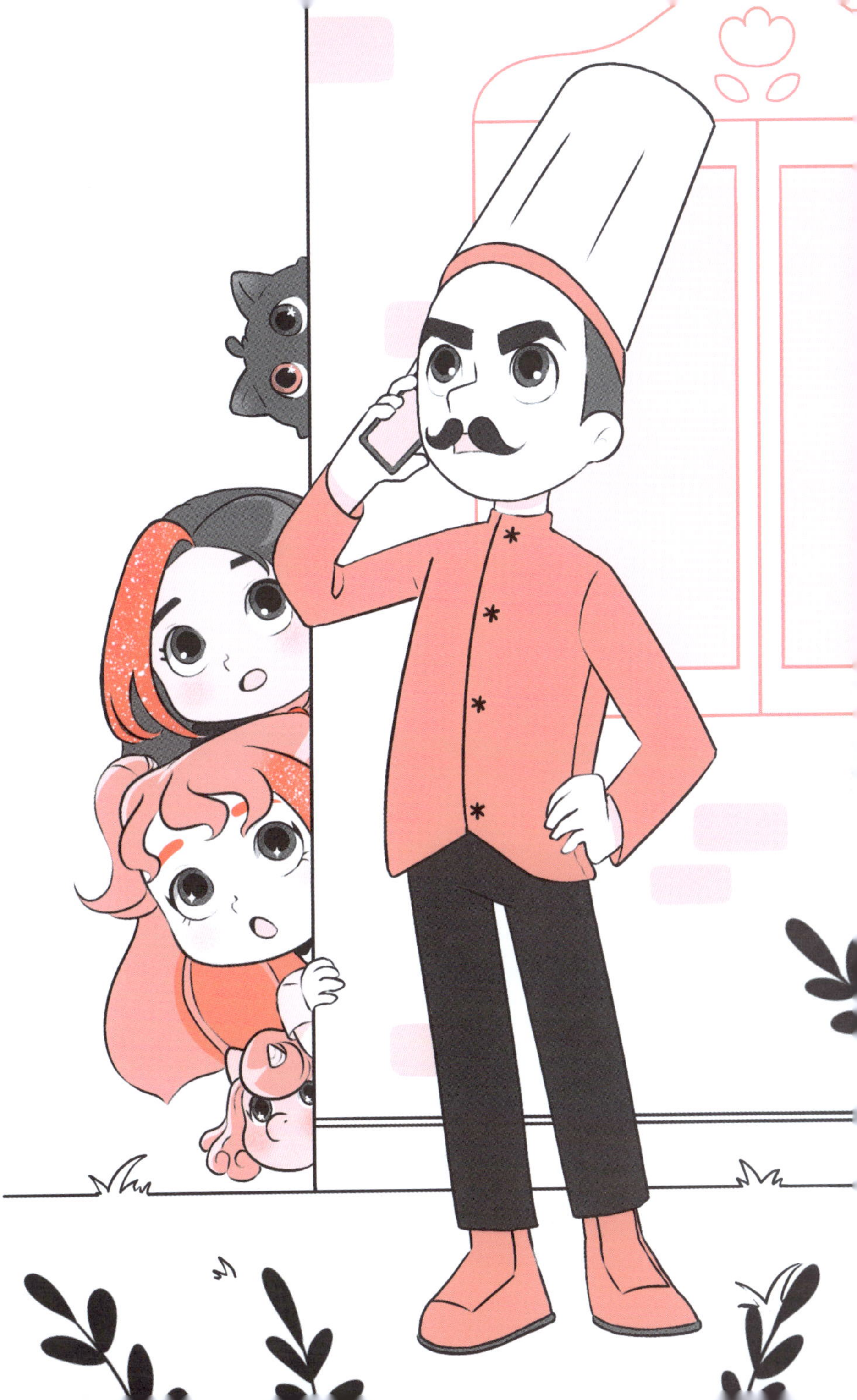

todos que guardaran silencio. Solo de ese modo podrían escuchar lo que estaba diciendo Rasmus.

—¡Es verdad! ¡Si es que no me extraña que a Miga le vaya tan mal! No sabe lo que se trae entre manos...

Iris y Luna se miraron, asombradas. ¡Estaba hablando de la dueña de la cafetería!

Rasmus, tras una pausa para escuchar lo que alguien al otro lado le decía, respondió:

—Ya va siendo hora de que yo ocupe el lugar que me corresponde.

Y Rasmus colgó.

¡ERA MEJOR QUE SALIERAN DE ALLÍ ANTES DE QUE LAS VIERAN!

Cuando por fin llegaron a la biblioteca, el señor Taup las miró con severidad y se llevó un dedo a la boca. No le gustaban nada las charlas, y ya empezaba a conocer a Iris y a Luna.

Entre las dos, llevaron a la mesa uno de los libros más grandes y pesados que había allí: *El gran libro de los dragones*.

¡UNA VEZ ABIERTO, OCUPABA CASI TODA LA MESA!

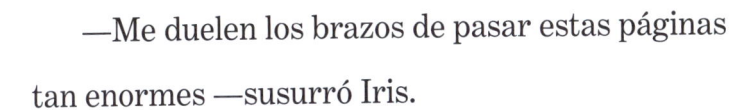

—Me duelen los brazos de pasar estas páginas tan enormes —susurró Iris.

—¡Chisss! —la reprendió el señor Taup.

Los signos de que un dargón de fuego está de mal humor es que gira la cabeza de un lado a otro y aprieta las garras. Por el contrario, cuando están muy contentos, sacuden las alas en movimientos cortos y echan humo por las orejas.

—¡Esto es justo lo que necesitábamos! —dijo Luna en voz alta, entusiasmada—. Con esta información podremos ayudar al pequeño Rocky.

—¡Chisss! —repitió el bibliotecario.

—¡Perdón! —dijeron ellas.

¡CHISSS!

Iris y luna tomaron apuntes de la información valiosa de ese libro. De nuevo entre las dos, lo devolvieron a su sitio. Iris estaba a punto de marcharse cuando Luna la agarró de la manga. Todavía les quedaba algo que investigar.

Iris lo comprendió enseguida cuando llegaron a la sección llamada «Anfibios de fuego». Seguro que Luna quería saber más cosas sobre las salamandras para ayudar a Lucas.

Tardaron un poco en encontrar la información, pero el esfuerzo merecería la pena. Seguro que

Lucas se ponía muy contento con lo que descubrieran.

¡Y así fue! Después de muchos libros, encontraron lo que necesitaban.

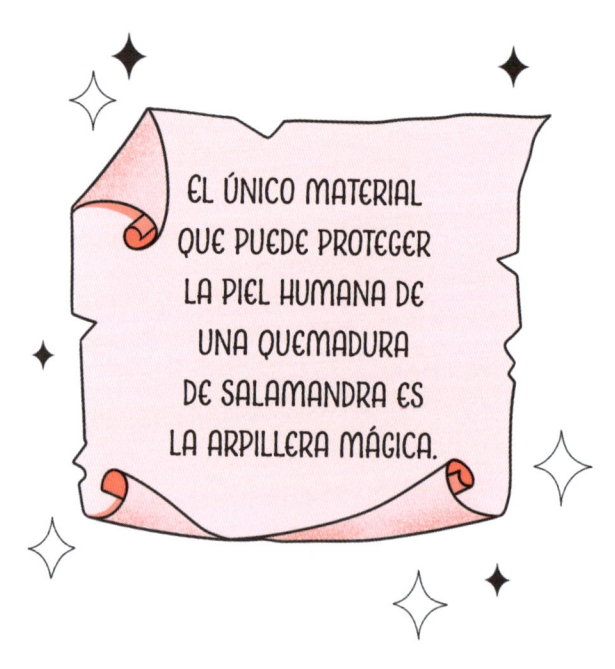

> EL ÚNICO MATERIAL QUE PUEDE PROTEGER LA PIEL HUMANA DE UNA QUEMADURA DE SALAMANDRA ES LA ARPILLERA MÁGICA.

—¡De eso estaban hechos los guantes de Rasmus, el cocinero! —exclamó Iris.

—¡Chisss!

¡Al pobre señor Taup se le iban a gastar los labios!

7
Un problema que solucionar

Luna e Iris no pudieron esperar para contarle a Lucas lo que habían descubierto. ¡Se fueron corriendo a la cabaña que compartían sus dos amigos!

—Nunca hemos visto el sitio en el que viven Hugo y Lucas —dijo Luna.

—¡Pues esta será la primera vez!

Iris llamó a la puerta, tan entusiasta como siempre. Cuando Lucas la abrió se fijaron en que llevaba puesto su pijama de saltamontes.

—¿Qué haces así? —se extrañó Iris—. Pero si aún es por la tarde...

—Me gusta ir en pijama. Después me volveré a cambiar para cenar.

Iris frunció el ceño algo confusa. ¡Le parecía una costumbre un poco rara! Pero entonces pensó que cada persona debía hacer lo que le hiciera sentir bien.

Echó un vistazo a su alrededor. Hugo también estaba allí, pero apenas las saludó porque estaba enfrascado desmontando su cámara fotográfica. La mitad del cuarto que era de él estaba repleta de pósteres coloridos y peluches suaves de animales peludos: perros de todas las razas, imponentes felinos salvajes, osos de mirada tierna y muchos otros mamíferos peludos. Los carteles cubrían las paredes hasta el techo, y cada estante tenía un peluche cuidadosamente colocado.

La mitad de Lucas era un mundo diferente. De las paredes colgaban pósteres de insectos multicolores, detalladas ilustraciones de arañas, mantis religiosas y otros invertebrados que a menudo le ponían los pelos de punta a Hugo. Había estantes repletos de terrarios, mostrando el amor de Lucas por el mundo de lo pequeño y lo peculiar.

¡SUS AMIGOS ERAN MUY DIFERENTES Y, A PESAR DE ELLO, SE LLEVABAN SUPERBIÉN!

—Escucha, Lucas, hemos estado en la biblioteca —le contó Iris.

—Me parece un buen sitio para ir —la felicitó él.

Hugo añadió, sin levantar la vista:

—Esos sofás son supercómodos para echarse una siesta.

LUCAS

HUGO

—¡No! Quiero decir que hemos ido a buscar información para ayudarte con Limón.

Iris tomó aliento. ¡Había hablado demasiado deprisa!

Luna continuó:

—Hemos leído que el único material que puede proteger contra las quemaduras de salamandra es la arpillera mágica.

—Muchas gracias por investigar —les dijo él—, pero eso ya lo sabía. Yo también busqué en esos mismos libros una solución. El problema es que la arpillera mágica... es increíblemente cara. —Lucas sacudió la cabeza de un lado a otro, algo frustrado, y añadió—: Mis padres no me podrían comprar unos guantes adecuados, ni siquiera de segunda mano.

—Podemos preguntarle al cocinero cómo los ha conseguido —decidió Iris—. No parece ser muy rico y tiene unos.

—Y además tenemos que averiguar algo más sobre él. Le oímos decir algo que nos dio a entender que ya no quiere trabajar en nuestra cocina.

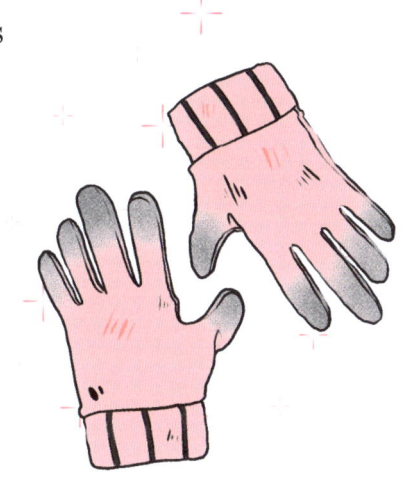

—¿De verdad?

—Bueno, eso nos pareció —explicó Luna—. Dijo: «No me extraña que a Miga le vaya tan mal», y: «Ya va siendo hora de que yo ocupe el lugar que me corresponde».

—Vaya, ¿se refiere a la dueña de la cafetería? Eso suena raro —comentó Hugo, que dejó lo que estaba haciendo. Estaba impresionado. En realidad, ninguno sabía qué podía estar tramando el cocinero.

—¿Y no será que Rasmus está intentando hacer algo para que a Miga le vaya mal? —sugirió Lucas.

—Se nos ha pasado por la cabeza —dijo Luna—. Vimos a Rasmus cerca de la cafetería cuando estuvimos merendando allí.

—¿Y si está agobiando al dragoncito Terrón? ¿O quizá ofreciéndole algo para que no trabaje allí? —dijo Iris—. ¡Sería horrible!

—¡Pero no le podemos preguntar eso directamente al cocinero! —observó Hugo—. Primero, porque pensaría que somos unos cotillas y, segundo, porque podría mentirnos.

—Un poco cotillas sí que somos —reconoció Luna.

—Pero es por una buena causa —recordó Hugo—. El pobre Terrón lo está pasando mal.

Todos asintieron.

—Se lo preguntaremos a las salamandras de cocina —propuso Lucas—. Limón puede traducirnos lo que digan. Y las salamandras son criaturas nobles, nunca mienten. Solo se sabe de una en la historia que fuera capaz de hacerlo, la del gran alquimista Paracelso, y no acabó muy bien.

—Vaya, pobrecita —dijo Luna—. ¡Me gustaría conocer esa historia!

—Pero será en otro momento. —Iris tenía prisa—. Ahora tenemos que investigar en la cocina.

8
Los chistes de Rasmus

Cuando Rasmus los vio llegar, los recibió con uno de sus chistes malos.

—¿Sabéis por qué el trol del pantano pedía siempre que le cortaran la pizza en cuatro trozos en lugar de en ocho? ¡Porque pensaba que comerse ocho era demasiado!

Los amigos se miraron unos a otros sin saber qué hacer.

—¿Es que no lo habéis pillado? ¡El trol se cree que come menos si se zampa cuatro trozos en lugar de ocho, pero en realidad de las dos maneras se come la pizza entera!

—Es muy gracioso —dijo Hugo, intentando reírse un poco.

Los demás hicieron lo mismo, pero se notaba que no les había hecho ni pizca de gracia.

—No tenéis sentido del humor —sacudió la cabeza el cocinero.

Lucas aprovechó el silencio incómodo para lanzar su pregunta.

—Rasmus, ¿cómo has conseguido esos guantes tan chulos?

—Ah, pequeño..., ¡es algo muy complicado! Viajé durante semanas para llegar a los montes Apalaches, que están al otro lado del océano, para conocer a los inventores. Allí me enseñaron cómo hacerlos. Primero hay que recoger hierba de fuego y después trenzarla con mucho cuidado...

—Vaya, menuda aventura —dijo Iris, que sabía que ellos no podrían hacer ese viaje para conseguirle unos guantes a Lucas.

—Aprendí mucho, pero pasé mucho frío y me dieron de comer cosas muy raras. ¡Menos mal que no os las cocino porque os quedaríais con cara de batracios! Por cierto: ¿dónde puedes encontrar un sapo sin ancas? ¡Pues justo donde lo dejaste!

Lucas puso los ojos en blanco. No le gustaba que se bromease con sus queridos anfibios.

—Perdona, Rasmus —intervino Luna—. ¿Nos dejarías hablar un momento con Craco y Chip?

Rasmus la observó algo desconcertado.

—¿Para qué queréis hablar con ellas?

—Es para un trabajo de clase —se apresuró a explicar Hugo.

Iris y Luna le observaron con admiración. ¡Se le daba fenomenal improvisar!

—Está bien, los trabajos escolares hay que tomárselos en serio. Y de todos modos yo tengo que irme a hacer algo muy importante. Pero, antes..., ¿por qué las velas siempre están bailando de alegría?

—Hummm... Sorpréndenos —dijo Luna.

—¡Porque no tienen que pagar la factura de la luz!

Cuando Rasmus se fue, Iris, Luna y los demás se acercaron a las salamandras.

—¿Todas las salamandras de cocina os dedicáis a lo mismo? —preguntó Luna—. ¿Vigiláis el fuego?

Craco y Chip menearon las cabecitas manchadas de ceniza. Gracias a la labor como traductor de Limón, los niños pudieron saber que dentro de la cocina hay muchos empleos diferentes para todos los animales.

—A los animales de fuego les pueden gustar

cosas muy diferentes —tradujo Lucas a su compañero—. A Chip le encanta triturar los rescoldos, porque se desmenuzan con las patas, pero Craco prefiere vigilar los fuegos de gas para que todo vaya a la perfección. A los dragones de cocina les encanta estar metidos en el horno. ¡O eso han oído por ahí! Aunque algunos, de pequeños, son un poco tímidos y no se atreven a desagradar a sus mayores.

Los amigos asintieron. Tenía sentido que a cada criatura le gustaran más unas tareas que otras. Seguramente a Terrón, en la cafetería, también hubiera unas cosas que le gustasen más que otras.

Mientras Iris no dejaba de pensar en el pequeño dragón, que tan mal parecía pasarlo en el horno, Medianoche le dijo algo a Luna.

—Escuchad. ¿Creéis que Rasmus podría estar buscando otro empleo? —preguntó Luna a las salamandras.

Las pequeñas asintieron enseguida.

—Y ya sabemos que no pueden mentir —dijo Lucas.

¡QUÉ HÁBIL ERA MEDIANOCHE! ¡ESTABA EN TODO!

9
El misterio del bosque

Iris, Luna, Lucas y Hugo fueron corriendo hacia la cabaña de Olivia y Sofía. Se encontraron a Sofía plantando flores en dos macetas a los lados de su puerta.

—¡Te está quedando genial! —se admiró Iris.

—Tenéis la cabaña mejor cuidada de todas —aseguró Hugo.

—En esas macetas podrían vivir todo tipo de bichos —dijo Lucas—. Hugo, nosotros también tenemos que poner algunas.

—¿Bichitos? Haré como que no he oído nada... —dijo Olivia sacudiendo la cabeza. ¡Ella no compartía el entusiasmo de Lucas!

Los cuatro explicaron sus sospechas sobre Rasmus.

—Creemos que quizá quiera trabajar en la cafetería y que puede estar haciendo algo que moleste a Terrón, el dragón de cocina —explicó Luna—. ¡Quizá está intentando que Miga no tenga más remedio que cerrar para quedarse él con su sitio!

Olivia y Sofía se quedaron pensativas. Entonces a Sofía se le ocurrió algo:

—Ámbar puede sobrevolar la zona y localizarlo. Se le da muy bien. Si descubrimos lo que está haciendo, nos dará una pista sobre sus intenciones.

—¡Es una idea superbuenísima! —exclamó Iris con entusiasmo.

—¡Sofía, qué lista eres! —le dijo su amiga Olivia.

Sofía se dirigió a su compañero.

—Ámbar, escúchame bien. Necesitamos localizar al cocinero, ese hombre que lleva un sombrero blanco y que trabaja haciendo la comida con las salamandras. ¿Sabes quién es?

El cuervo asintió con la cabeza, y emprendió el vuelo.

—Ámbar sí que es listísimo —dijo Sofía, muy orgullosa—. Entiende estupendamente cuando le hablo y sabe quiénes son las personas de por aquí.

—Quizá tarde un rato en recorrerlo todo —dijo

Olivia—. Mientras esperamos, podemos jugar a un juego de mesa.

—¿Qué os parece un juego de memoria de reconocer animales? —propuso Sofía.

—No se me da muy bien..., pero es divertido —dijo Olivia.

—¡Cuanto más practiques mejor serás en él!

Olivia y Sofía tenían varios juegos de mesa en una estantería. ¡Se notaba que les encantaban! El juego de emparejar imágenes de animales estaba arriba del todo porque era su preferido.

Sofía sacó de la caja todas las fichas y las extendió por la mesa, bocabajo.

—Ahora hay que revolverlas todas para mezclarlas. ¡Es muy muy divertido! ¿Me ayudáis?

Entre todos mezclaron muy bien las fichas y luego las colocaron en una cuadrícula ordenada.

—Ahora cada persona tiene que levantar dos

fichas —explicó Sofía—. Si son pareja, se las queda. Si no lo son, tiene que acordarse de cuáles eran para buscar la misma imagen. Gana la persona que al final del juego tenga más fichas.

—¡Pero lo importante no es ganar sino divertirse! —dijo Olivia.

—Nunca he jugado a este juego —admitió Hugo.

—Pues seguro que te gusta. Hay veinticinco animales para encontrar, pero ¡debemos fijarnos bien porque algunos se parecen mucho!

El juego fue muy divertido. A Hugo, aunque era la primera vez que jugaba, se le daba muy bien encontrar a los mamíferos. Lucas era infalible con los reptiles y bichitos. A Sofía y a Luna se les daba muy muy bien en general, así que acabaron el juego con muchas parejas. ¡Y eso que Medianoche maullaba cada vez que aparecían imágenes de roedores!

Iris estaba muy orgullosa porque supo distinguir a los armadillos de los pangolines a pesar de que las imágenes eran muy parecidas. ¡Los dos animales tienen todo el cuerpo cubierto de escamas!

Justo entonces regresó Ámbar de su vuelo de reconocimiento.

—¡Ámbar! —dijo Sofía—. ¡Te he echado de menos! ¿Qué has descubierto?

—Y además tenemos que averiguar algo más sobre él. Le oímos decir algo que nos dio a entender que ya no quiere trabajar en nuestra cocina.

—¿De verdad?

—Bueno, eso nos pareció —explicó Luna—. Dijo: «No me extraña que a Miga le vaya tan mal», y: «Ya va siendo hora de que yo ocupe el lugar que me corresponde».

—Vaya, ¿se refiere a la dueña de la cafetería? Eso suena raro —comentó Hugo, que dejó lo que estaba haciendo. Estaba impresionado. En realidad, ninguno sabía qué podía estar tramando el cocinero.

—¿Y no será que Rasmus está intentando hacer algo para que a Miga le vaya mal? —sugirió Lucas.

—Se nos ha pasado por la cabeza —dijo Luna—. Vimos a Rasmus cerca de la cafetería cuando estuvimos merendando allí.

—¿Y si está agobiando al dragoncito Terrón? ¿O quizá ofreciéndole algo para que no trabaje allí? —dijo Iris—. ¡Sería horrible!

—¡Pero no le podemos preguntar eso directamente al cocinero! —observó Hugo—. Primero, porque pensaría que somos unos cotillas y, segundo, porque podría mentirnos.

—Un poco cotillas sí que somos —reconoció Luna.

—Pero es por una buena causa —recordó Hugo—. El pobre Terrón lo está pasando mal.

Todos asintieron.

—Se lo preguntaremos a las salamandras de cocina —propuso Lucas—. Limón puede traducirnos lo que digan. Y las salamandras son criaturas nobles, nunca mienten. Solo se sabe de una en la historia que fuera capaz de hacerlo, la del gran alquimista Paracelso, y no acabó muy bien.

—Vaya, pobrecita —dijo Luna—. ¡Me gustaría conocer esa historia!

—Pero será en otro momento. —Iris tenía prisa—. Ahora tenemos que investigar en la cocina.

8
Los chistes de Rasmus

Cuando Rasmus los vio llegar, los recibió con uno de sus chistes malos.

—¿Sabéis por qué el trol del pantano pedía siempre que le cortaran la pizza en cuatro trozos en lugar de en ocho? ¡Porque pensaba que comerse ocho era demasiado!

Los amigos se miraron unos a otros sin saber qué hacer.

—¿Es que no lo habéis pillado? ¡El trol se cree que come menos si se zampa cuatro trozos en lugar de ocho, pero en realidad de las dos maneras se come la pizza entera!

—Es muy gracioso —dijo Hugo, intentando reírse un poco.

Los demás hicieron lo mismo, pero se notaba que no les había hecho ni pizca de gracia.

—No tenéis sentido del humor —sacudió la cabeza el cocinero.

Lucas aprovechó el silencio incómodo para lanzar su pregunta.

—Rasmus, ¿cómo has conseguido esos guantes tan chulos?

—Ah, pequeño..., ¡es algo muy complicado! Viajé durante semanas para llegar a los montes Apalaches, que están al otro lado del océano, para conocer a los inventores. Allí me enseñaron cómo hacerlos. Primero hay que recoger hierba de fuego y después trenzarla con mucho cuidado...

—Vaya, menuda aventura —dijo Iris, que sabía que ellos no podrían hacer ese viaje para conseguirle unos guantes a Lucas.

—Aprendí mucho, pero pasé mucho frío y me dieron de comer cosas muy raras. ¡Menos mal que no os las cocino porque os quedaríais con cara de batracios! Por cierto: ¿dónde puedes encontrar un sapo sin ancas? ¡Pues justo donde lo dejaste!

Lucas puso los ojos en blanco. No le gustaba que se bromease con sus queridos anfibios.

—Perdona, Rasmus —intervino Luna—. ¿Nos dejarías hablar un momento con Craco y Chip?

Rasmus la observó algo desconcertado.

—¿Para qué queréis hablar con ellas?

—Es para un trabajo de clase —se apresuró a explicar Hugo.

Iris y Luna le observaron con admiración. ¡Se le daba fenomenal improvisar!

—Está bien, los trabajos escolares hay que tomárselos en serio. Y de todos modos yo tengo que irme a hacer algo muy importante. Pero, antes..., ¿por qué las velas siempre están bailando de alegría?

—Hummm... Sorpréndenos —dijo Luna.

—¡Porque no tienen que pagar la factura de la luz!

Cuando Rasmus se fue, Iris, Luna y los demás se acercaron a las salamandras.

—¿Todas las salamandras de cocina os dedicáis a lo mismo? —preguntó Luna—. ¿Vigiláis el fuego?

Craco y Chip menearon las cabecitas manchadas de ceniza. Gracias a la labor como traductor de Limón, los niños pudieron saber que dentro de la cocina hay muchos empleos diferentes para todos los animales.

—A los animales de fuego les pueden gustar

cosas muy diferentes —tradujo Lucas a su compañero—. A Chip le encanta triturar los rescoldos, porque se desmenuzan con las patas, pero Craco prefiere vigilar los fuegos de gas para que todo vaya a la perfección. A los dragones de cocina les encanta estar metidos en el horno. ¡O eso han oído por ahí! Aunque algunos, de pequeños, son un poco tímidos y no se atreven a desagradar a sus mayores.

Los amigos asintieron. Tenía sentido que a cada criatura le gustaran más unas tareas que otras. Seguramente a Terrón, en la cafetería, también hubiera unas cosas que le gustasen más que otras.

Mientras Iris no dejaba de pensar en el pequeño dragón, que tan mal parecía pasarlo en el horno, Medianoche le dijo algo a Luna.

—Escuchad. ¿Creéis que Rasmus podría estar buscando otro empleo? —preguntó Luna a las salamandras.

Las pequeñas asintieron enseguida.

—Y ya sabemos que no pueden mentir —dijo Lucas.

¡QUÉ HÁBIL ERA MEDIANOCHE! ¡ESTABA EN TODO!

9
El misterio del bosque

Iris, Luna, Lucas y Hugo fueron corriendo hacia la cabaña de Olivia y Sofía. Se encontraron a Sofía plantando flores en dos macetas a los lados de su puerta.

—¡Te está quedando genial! —se admiró Iris.

—Tenéis la cabaña mejor cuidada de todas —aseguró Hugo.

—En esas macetas podrían vivir todo tipo de bichos —dijo Lucas—. Hugo, nosotros también tenemos que poner algunas.

—¿Bichitos? Haré como que no he oído nada... —dijo Olivia sacudiendo la cabeza. ¡Ella no compartía el entusiasmo de Lucas!

Los cuatro explicaron sus sospechas sobre Rasmus.

—Creemos que quizá quiera trabajar en la cafetería y que puede estar haciendo algo que moleste a Terrón, el dragón de cocina —explicó Luna—. ¡Quizá está intentando que Miga no tenga más remedio que cerrar para quedarse él con su sitio!

Olivia y Sofía se quedaron pensativas. Entonces a Sofía se le ocurrió algo:

—Ámbar puede sobrevolar la zona y localizarlo. Se le da muy bien. Si descubrimos lo que está haciendo, nos dará una pista sobre sus intenciones.

—¡Es una idea superbuenísima! —exclamó Iris con entusiasmo.

—¡Sofía, qué lista eres! —le dijo su amiga Olivia.

Sofía se dirigió a su compañero.

—Ámbar, escúchame bien. Necesitamos localizar al cocinero, ese hombre que lleva un sombrero blanco y que trabaja haciendo la comida con las salamandras. ¿Sabes quién es?

El cuervo asintió con la cabeza, y emprendió el vuelo.

—Ámbar sí que es listísimo —dijo Sofía, muy orgullosa—. Entiende estupendamente cuando le hablo y sabe quiénes son las personas de por aquí.

—Quizá tarde un rato en recorrerlo todo —dijo

Olivia—. Mientras esperamos, podemos jugar a un juego de mesa.

—¿Qué os parece un juego de memoria de reconocer animales? —propuso Sofía.

—No se me da muy bien..., pero es divertido —dijo Olivia.

—¡Cuanto más practiques mejor serás en él!

Olivia y Sofía tenían varios juegos de mesa en una estantería. ¡Se notaba que les encantaban! El juego de emparejar imágenes de animales estaba arriba del todo porque era su preferido.

Sofía sacó de la caja todas las fichas y las extendió por la mesa, bocabajo.

—Ahora hay que revolverlas todas para mezclarlas. ¡Es muy muy divertido! ¿Me ayudáis?

Entre todos mezclaron muy bien las fichas y luego las colocaron en una cuadrícula ordenada.

—Ahora cada persona tiene que levantar dos

fichas —explicó Sofía—. Si son pareja, se las queda. Si no lo son, tiene que acordarse de cuáles eran para buscar la misma imagen. Gana la persona que al final del juego tenga más fichas.

—¡Pero lo importante no es ganar sino divertirse! —dijo Olivia.

—Nunca he jugado a este juego —admitió Hugo.

—Pues seguro que te gusta. Hay veinticinco animales para encontrar, pero ¡debemos fijarnos bien porque algunos se parecen mucho!

El juego fue muy divertido. A Hugo, aunque era la primera vez que jugaba, se le daba muy bien encontrar a los mamíferos. Lucas era infalible con los reptiles y bichitos. A Sofía y a Luna se les daba muy muy bien en general, así que acabaron el juego con muchas parejas. ¡Y eso que Medianoche maullaba cada vez que aparecían imágenes de roedores!

Iris estaba muy orgullosa porque supo distinguir a los armadillos de los pangolines a pesar de que las imágenes eran muy parecidas. ¡Los dos animales tienen todo el cuerpo cubierto de escamas!

Justo entonces regresó Ámbar de su vuelo de reconocimiento.

—¡Ámbar! —dijo Sofía—. ¡Te he echado de menos! ¿Qué has descubierto?

11
¡Con las manos en la masa!

A Iris y a Luna se les hizo muy corto el viaje en caracol.

—Voy a aprovechar para pedir una quiche de puerros —dijo el guardabosques—. ¡Es mi preferida!

—Algún día la probaremos —le aseguró Iris.

—Bueno, la verdad es que el pastel de salmón también está de lujo. ¡Y luego habrá que tomar algo de postre! ¡Donde caben dos, caben tres! —dijo don Silvano, dándose una palmada en su gran barriga.

Dejaron a don Silvano escogiendo sus pasteles para darse un gran festín.

—¿Qué te parece si hablamos primero con Miga? —propuso Iris.

—¡Estupendo! —respondió Luna.

Se la encontraron tomando un té junto al abuelo dragón, que estaba disfrutando de una taza de lava bien caliente.

—¡Bienvenidas de nuevo! —dijo Miga.

—Hemos estado pensando mucho en el pequeño Terrón —dijo Iris—. Por eso hemos venido.

—Creemos que lo que le pasa es que no le gusta trabajar dentro del horno —dijo Luna.

—¿De verdad? Pero es lo que han hecho todos los miembros de su familia desde hace treinta generaciones... El propio Basalto Mascalava lo escogió para heredar su gorro por sus grandes cualidades.

—Eso está muy bien, pero... ¿alguien le ha preguntado lo que quiere? —sugirió Iris.

La dueña de la cafetería y el viejo dragón de horno intercambiaron una mirada de preocupación.

—¡No! —dijo ella—. Dimos por hecho que, al ser un dragón de fuego, querría seguir la tradición familiar. Y él tampoco es que sea muy hablador...

—Quizá tenga miedo de decepcionarlos —planteó Luna.

—¡Vamos a averiguarlo! —dijo Iris.

Iris, Luna, Miga y el abuelo dragón fueron hasta la estantería de libros de recetas, dentro del armario de los abrigos. Allí estaba el pequeño dragón, hojeando un manual de repostería.

En cuanto los vio llegar, cerró rápidamente el libro. Era como si le diera vergüenza que le vieran leyéndolo. Cuando lo puso en su sitio, Luna se fijó en que era un libro de recetas de crepes.

—Nos gustaría hablar contigo —dijo Iris—. Pensamos que quizá..., que en realidad te gustaría dedicarte a otro trabajo. ¿Es así?

Pero el dragoncito se mostraba muy tímido. No se atrevía a expresarse libremente con su abuelo delante, y tampoco quería decepcionar a la dueña de la cafetería.

—Pequeño, tienes que aprender a decir lo que quieres —le dijo la dueña de la cafetería—. Si no lo sabemos, no podremos ayudarte.

—Creo que te da miedo decir algo que no me guste —dijo el abuelo, con su voz áspera de hollín. Miga iba traduciéndoles a Iris y a Luna—. Quizá he dado por supuesto que tú querías lo mismo que yo, y no me he molestado en preguntar. ¡Pero yo quiero que seas feliz! Así que dime, por favor, ¿qué te gustaría hacer?

Polvorón le puso una patita sobre la rodilla para animarlo.

Entre todos, le fueron sacando las palabras. Miga les explicaba lo que decía.

—Me... me gusta trabajar en una cocina —dijo el pequeño Terrón—. Pero...

El dragoncillo se quedó bloqueado, aunque hacía un gran esfuerzo por encontrar las palabras.

—¿Pero...? —le ayudó Miga en el idioma de los dragones.

—Pero... Pero no me gusta tanto pasarme... todo el día... dentro del horno.

El pequeño miró a su abuelo con cierto temor, pero vio que este no se enfadaba.

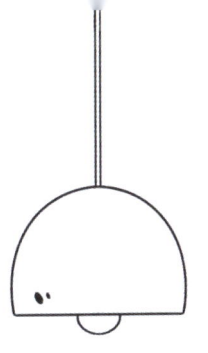

El anciano solo estaba sorprendido.

—Me gusta estar con la gente, pero... —dijo el dragoncillo, y Luna se acordó del libro que le había visto esconder:

—Lo que te gustaría hacer... ¿son crepes?

Terrón asintió con timidez.

Miga, para hacer la prueba, se puso a preparar masa de crepes, y le indicó al dragón que echara fuego bajo la sartén. Este se alegró muchísimo. Sabía exactamente a qué temperatura calentar el fuego y cuándo darle la vuelta a la masa. ¡Realmente estaba en su elemento!

—Sería un honor que trabajaras aquí ayudándonos con las crepes —dijo Miga—. ¡No se me había ocurrido que pudieran tener éxito!

—Pero, entonces, ¿quién se ocupará del horno? —preguntó Iris.

—Tengo otros diecisiete nietos. Seguro que a alguno se le da muy bien ser dragón de horno. Pero esta vez, en lugar de escoger yo a mi sucesor, les preguntaré primero.

—¡Muy buena idea! —se alegró Luna.

12
El secreto de Luna

La dueña de la cafetería, para agradecerles su ayuda, las invitó a merendar crepes. Eran las primeras en las que ayudaba Terrón, ¡al que le habían regalado su propio gorro de chef! Algunas salieron un poquitito crudas y otras algo quemadas, pero…

¡EL PEQUEÑO DRAGÓN ESTABA TAN CONTENTO!

Iris, entonces, le preguntó a la dueña de la cafetería:

—Miga, si Rasmus ya no va a ser nuestro cocinero, ¿tú sabes quién ocupará su lugar a partir de ahora?

—La verdad es que nadie lo sabe todavía. Tendrán que ofrecer el puesto y examinar a varios candidatos. ¡Fue una gran sorpresa que Rasmus se tomara tan en serio la petanca mágica!

Al salir de la cocina hacia el exterior de la cafetería, pasaron por la mesa en la que se habían sentado en el cumpleaños de Marco. Iris volvió a fijarse en la foto de la chica súper, superparecida a su amiga.

—Escucha, Luna... La primera vez que vimos esta foto, tú dijiste que ver una chica tan igual a ti no te parecía raro. ¿Hay algo que quieras contarme?

Luna resopló.

—Está bien... Es mi hermanastra. Lleva unos años estudiando Botánica Mágica y este es su último curso.

—¡Porras con chocolate! ¡Pero eso es genial! Es cierto que me hablaste de ella. ¿Por qué no querías contarme que ella era la chica de la foto?

—Porque siempre he estado a la sombra de ella. Sieeempre igual. «Luna, ¿has visto qué bien juega Bruna al voleibol?», «¡Hay que ver qué bien dibuja!» o «Luna, tienes que ser tan estudiosa como Bruna». ¡Estoy harta de que me comparen con ella!

Medianoche maulló en el mismo tono. Iris movió la cabeza de arriba abajo.

—Ya entiendo. En este lugar tienes la posibilidad de ser tú misma sin que nadie os compare.

—Eso es. Y me gustaría que siguiera siendo así.

Iris y Luna salieron a dar un paseo por aquel maravilloso entorno. En el exterior de la cafetería estaban Chispitas y Terrón jugando a perseguirse. ¡Se lo estaban pasando genial! Pero de vez en cuando se lanzaban una llamarada el uno al otro, así que ni Polvorón ni Medianoche quisieron unirse a ellos.

Sin embargo, sucedió algo inesperado que puso muy contenta a Iris.

—¡Mira ahí! —le dijo Luna.

Polvorón se había puesto muy contento al ver feliz a Terrón y lo amigo que se había hecho de Chispitas. Y al alegrarse, había empezado a mover sus alitas a toda velocidad. ¡Y ese movimiento le estaba levantando del suelo sin que se diera cuenta!

¡PORRAS CON CHOCOLATE!

—¡Lo que necesitaba para volar no era ser valiente y pasar miedo, sino estar alegre! —comprendió Iris.

—Y ni siquiera sabe que está volando —sonrió Luna.

—¡No se lo digas! —le pidió Iris—. ¡Pero por fin sabemos cómo ayudarle! La alegría es más poderosa que el temor. Si conseguía olvidarse de que tenía miedo...

¡SU MAGIA PODÍA LLEVARLE A CUALQUIER SITIO!

Iris sintió una gran alegría. Su unicornio y ella eran muy parecidos. ¡Eso formaba parte de la magia de los compañeros! El vínculo entre ellos y sus cuidadores era misterioso y profundo, y cada día que pasaba se hacía más fuerte.